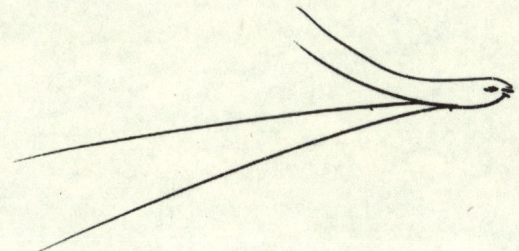

Um rio
um pássaro

Ailton Krenak
textos e desenhos

Ehuana Yaira Yanomami
pintura da capa

primeira edição no Brasil © Dantes Editora, 2023
www.dantes.com.br

edição: Anna Dantes
produção: Madeleine Deschamps
tradução: Yoshihiro Odo
revisão: Sâmia Rios
pintura da capa: Ehuana Yaira Yanomami
texto de orelha: Txai Suruí
tratamento de imagem: Isabelle Passos
colaborações: Maria Amélia Mello, Madeleine Deschamps, Angela Pappiani, Eliza Otsuka, Rodrigo Quintela, Ana Maria Machado, Lidia Montanha, Digo Fiães e Lucas Wagner

Dados Internacionais de Catalogação na Publicação (CIP)
(Câmara Brasileira do Livro, SP, Brasil)

Krenak, Ailton

Um rio um pássaro / Ailton Krenak ; pintura da capa Ehuana Yaira Yanomami ; tradução Yoshihiro Odo. -- 1. ed. -- Rio de Janeiro : Dantes Editora, 2023.

ISBN 978-65-88069-07-3

1. Amazônia - Descrição e viagens
2. Experiências - Relatos 3. Memórias
4. Relatos de viagens 5. Viagem - Narrativas pessoais
I. Yanomami, Ehuana Yaira.
II. Título.

23-169150   CDD-918.11

Índices para catálogo sistemático:

1. Amazônia : Descrição e viagens 918.11
Aline Graziele Benitez – Bibliotecária – CRB-1/3129

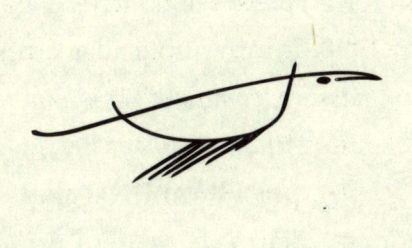

NOTA EDITORIAL

ENTRE 1993 E 1997, Ailton Krenak e o fotógrafo japonês Hiromi Nagakura estiveram juntos em São Paulo e nas terras Ashaninka, Katukina, Yawanawá, Yanomami, Macuxi e Huni Kuin.

Aqui estão algumas falas de Ailton, anotadas por Nagakura, ao longo desses encontros e viagens. Palavras que, em 1998, foram publicadas em japonês no livro *Como um pássaro, como um rio – uma jornada com o filósofo da floresta Ailton* (鳥のように、川のように―森の哲人アユトンとの), por Hiromi Nagakura. O livro é composto por um diário de viagem do autor, algumas fotos e as reflexões tecidas por Ailton ao longo da jornada.

A presente edição destaca as falas de Ailton do livro de Nagakura e as reúne em cinco capítulos, que apontam sua origem ou localização territorial.

Estas falas perfazem uma interessante jornada no tempo e ao redor do mundo. Emergem de conversas, com a especial tradução simultânea de Eliza Otsuka, em canoas, malocas, redes, finais de tarde e caminhadas na floresta; foram registradas, copiadas, traduzidas e escritas em ideogramas por Yoshihiro Odo; transpassaram mais de duas décadas como que encantadas nas páginas de uma linda edição japonesa; e foram "destraduzidas", em 2021, pelo próprio Yoshihiro Odo.

A este mergulho, ou voo, na memória, associamos um texto atual. *Uma cachoeira* é o título do texto que encerra esta edição. Foi preparado com base em uma conversa remota com Ailton Krenak, gravada e transcrita pela equipe e pela comunidade Selvagem, em maio de 2023, em resposta ao convite e à provocação de Tobias Brenk, diretor artístico da Kaserne Basel, a respeito da neutralidade suíça diante do quadro de emergência global.

Uma cachoeira evoca o fluxo da vida, expressão do espírito lúcido e visionário de Ailton Krenak, que atravessa eras como um sopro, um rio, um pássaro.

AILTON KRENAK POR HIROMI NAGAKURA, 11

UM RIO UM PÁSSARO, 19

SONHOS, 21

RIO JURUÁ, ALDEIA BREU, TERRA ASHANINKA, 29

RIO GREGÓRIO, ALDEIA NOVA ESPERANÇA, TERRA YAWANAWÁ, 35

WATORIKI, CASA DO VENTO, TERRA YANOMAMI, 39

RIO JORDÃO, TERRA HUNI KUIN, 49

UMA CACHOEIRA, 59

SOBRE PESSOAS E POVOS PRESENTES NO LIVRO, 77

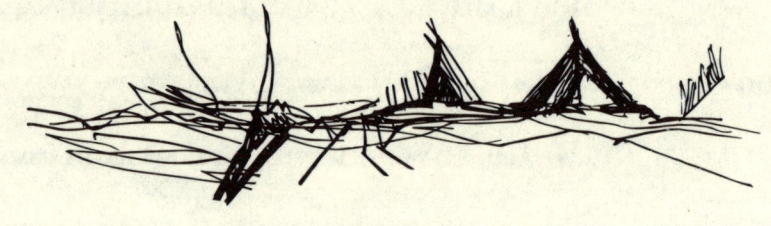

AILTON KRENAK
POR HIROMI NAGAKURA

Ailton nasceu em 1953, no território original Krenak, localizado no Vale do Rio Doce. (Os descendentes indígenas costumam colocar como sobrenome o nome da nação de onde se originam: assim, por exemplo, o David Yanomami é David da nação Yanomami.) Após 1920, os brancos invadiram cada vez mais a floresta. Trouxeram muitas doenças infectocontagiosas, além de cometer violências e massacres por considerarem os índios como seres subdesenvolvidos. A nação Krenak, que tinha mais de cinco mil pessoas, também foi se reduzindo e se dispersando.

A infância de Ailton foi de fuga da onda de exploração. Fazendas de pecuaristas vinham invadindo as aldeias, que foram isoladas pelas cercas de fazendeiros. A língua portuguesa foi substituindo a sua língua original. Sua família teve de escapar e adentrou a floresta. No início ainda viviam de caçar queixadas e aves, plantando mandioca, milho, bananas e abóboras. Entretanto, mesmo no interior da floresta, vieram o desmatamento, os pecuaristas com vacas, caminhões carregados de madeira.

"Nem aqui podemos permanecer", observou Ailton. Assim foi decidido, e toda a família seguiu para São Paulo, quando ele tinha 17 anos. Levantaram um pequeno barraco à beira da estrada; para ter o que comer a cada dia, ajudavam como diaristas em caminhões de carga, carregavam cimento nas obras, foram vendedores ambulantes. No pequeno terreno ao lado, plantavam e colhiam milho e verduras. Logo foram expulsos dali por uma outra família. Com essa vida instável, dois anos depois, Ailton vomitou sangue e foi internado. Sofria de úlcera gástrica. O médico que o diagnosticou ficou assustado por ele ser tão jovem e já manifestar essa doença.

Ele estava esgotado com a vida urbana, e não era somente pela dificuldade de vida; sentia pânico diante da civilização urbana: "O sopro vindo desta enorme cultura materialista está acabando com os índios".

Tomei conhecimento de Ailton por meio de pesquisas sobre os indígenas brasileiros, por uma foto em que um jovem de terno claro pintava seu rosto de preto, em cima do palco do Congresso Nacional, em Brasília. A foto é de setembro de 1987, quando se discutia a reforma da Constituição no Brasil. Ailton havia sido convidado para a mesa de debates sobre a necessidade de incluir uma emenda que deveria garantir o direito à terra dos povos originários. Durante seu discurso, Ailton começou a pintar seu rosto de preto, com jenipapo. A cor preta significava uma manifestação de luto pelos indígenas assassinados nos conflitos pelo direito à terra. Assustados, os congressistas pararam de conversar e ficaram em silêncio para ouvir Ailton:

> *Todos vocês devem saber quanto sangue indígena foi derramado em cada metro deste imenso território brasileiro. Ainda hoje nos defrontamos com a violência que vem da ganância e do poder econômico, da discriminação contra povos originários. Por favor, parem de negar os fatos.*

O próprio indígena apelar diretamente por seus direitos, em português fluente, no lugar dos brancos representantes da Igreja ou de organizações de direitos humanos, era um ato bastante vanguardista para a época. A atitude e o discurso de Ailton deixaram fortes impressões entre os parlamentares e o público presente. Com o empurrão dado, por meio do seu discurso, o projeto de reforma constitucional com artigos que garantem os direitos dos indígenas à propriedade da terra foi aprovado por unanimidade no plenário do Congresso.

Ao lado de seus companheiros que fundaram a UNI (União das Nações Indígenas), Ailton vinha realizando viagens e visitas a nações indígenas de todo o país, pregando a importância da autonomia dos povos originários. Foi o momento de frutificação dos seus esforços.

Entretanto, essa grande apresentação no Congresso significou, praticamente, a sua despedida do mundo da política.

A UNI foi criada em 1979, quando Ailton tinha 26 anos. Na década seguinte, ele viajou por todo o Brasil, ora pegando canoas, ora sobre charretes puxadas por boi. Deve ter viajado mais de 8 mil quilômetros, visitando aldeias do norte ao sul, do leste ao extremo oeste. Muitas dessas aldeias desconheciam a existência de outras nações indígenas. E Ailton dizia: "Somos todos parentes".

A UNI chegou a ter dezoito líderes e mais de mil membros ativos. No entanto, aos poucos, membros ligados à Igreja começaram a se impor e querer assumir o comando da entidade. Em 1989, Ailton e as principais lideranças, após a luta no Congresso Nacional contra a construção da usina hidrelétrica de Altamira, preferiram afastar-se da UNI.

"Até então, ainda acreditávamos nos políticos. E, por isso, marcávamos reunião com presidente e negociávamos com ministros. Mas eles nada faziam, e traíam as promessas do dia para a noite. Tínhamos vários amigos entre os políticos, mas, quando se tornavam figuras importantes, passavam a fazer o contrário do que prometiam."

Quando lhe perguntaram: "Você não quer entrar na política?", ele respondeu: "Felizmente, não me infectei com esta doença. Deixo a política com outras pessoas, vou me firmar na terra, e trabalhar nos pequenos problemas que surgem todos os dias. Penso ser mais importante conversar e ajudar as pequenas aldeias e vilarejos, andar pelo Brasil e conversar com as pessoas. Isso é mais importante do que conversar com o presidente. Os políticos não amam e nem se preocupam em aproximar-se das pessoas comuns. O que eles querem é se aproveitar dos indígenas para continuar a política, fazer declarações que atraiam a imprensa. Prefiro circular ao redor do nosso sol, da raiz da nossa alma."

Nos tempos em que as atividades da UNI tiveram início, Ailton era guerreiro e organizador. Hoje, o viajante Ailton é um poeta, um filósofo da floresta e, mais do que tudo, um herdeiro da cultura indígena. Sem se deixar influenciar pelos valores ocidentais, ele busca aperfeiçoar-se cada vez mais na sabedoria e na tradição herdada de seus ancestrais.

Foi em agosto de 1993 que encontrei Ailton Krenak pela primeira vez. Ainda era inverno em São Paulo. Recebeu-me no quintal do seu escritório, sentado sobre as folhas caídas da árvore. O sol do entardecer de inverno cobria a sua figura e a velha árvore com a casca alaranjada e calorosa. Soprando a fumaça que vinha do seu cachimbo esculpido em forma de cabeça de gavião, ele ficava pensativo antes de responder às minhas perguntas.

Eu já fora informado sobre suas viagens pelas diversas regiões brasileiras, incentivando projetos de autonomia indígena, e fui até ele para pedir que me deixasse acompanhá-lo nas suas andanças.

"Gostaria de te acompanhar, não somente para uma única reportagem, mas numa viagem longa, com folga de tempo", solicitei, mostrando a ele as diversas revistas de reportagem fotográfica que havia publicado. Havia fotos com o líder Massoud, guerrilheiro do Afeganistão, com crianças indígenas da Guatemala, entre tantos outros trabalhos, que ele folheou atentamente. Após alguns minutos de silêncio, que me pareceu um longo intervalo de paciência, ele levantou o rosto e respondeu: "Vamos viajar juntos. Tudo começa com o primeiro passo. Obter direito legal de posse das terras parecia impossível, mas, aos poucos, conseguimos avanço, e hoje existem várias terras indígenas legalizadas. Pode ser que as nossas viagens sejam longas".

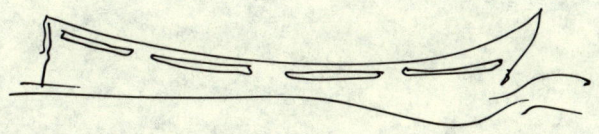

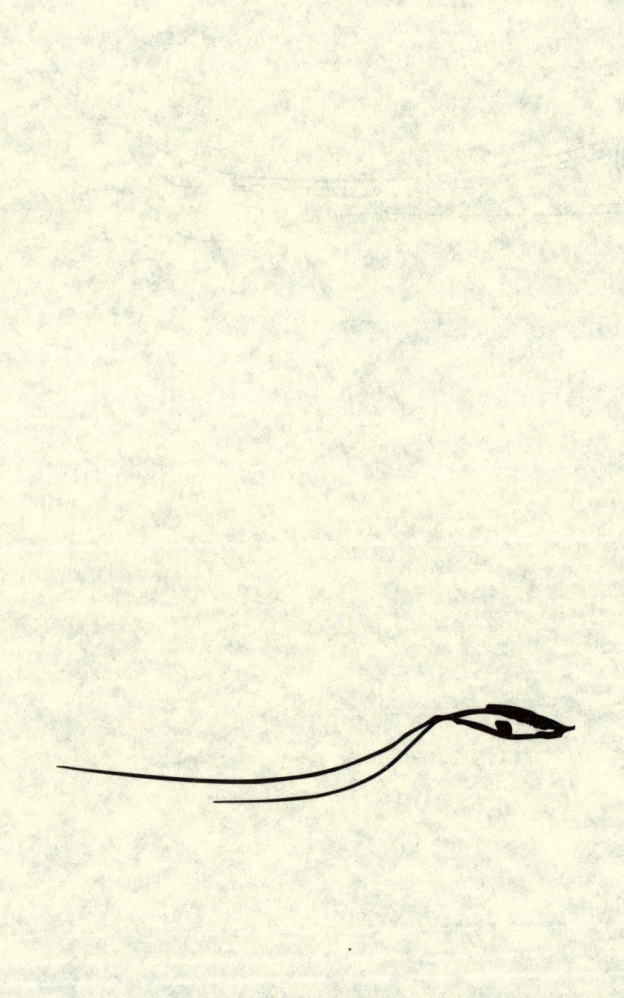

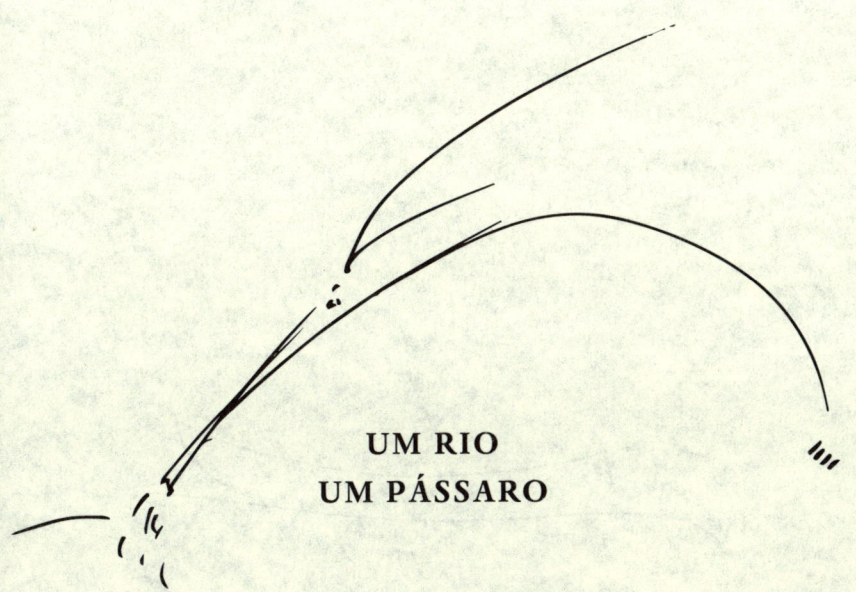

**UM RIO
UM PÁSSARO**

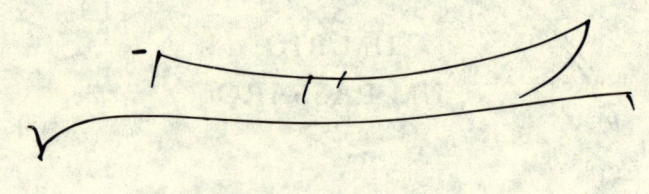

Sonhos

APARECEU UM GUERREIRO COM UMA FLECHA NA MÃO esquerda, e a ponta da flecha era como o pendão do trigo quando está maduro. O guerreiro flutuava e dançava. Era uma roda de guerreiros dançando a dança tradicional dos Krenak. Ele me levou para um mundo do futuro e me colocou sobre um barco de luz: "Não tenha medo, é aqui que você tem sua herança. Você vai saber de onde veio e para onde está se dirigindo".

Foi o sonho da tradição que me deu o caminho a seguir. Deu-me vitalidade e o sentido de estar conectado com os antepassados. Tomamos decisões importantes quando sonhamos. No sonho, enxergamos qual o melhor caminho a seguir. Se não conseguimos sonhar, nada acontece. Esperamos sonhar.

Acompanhando meu pai, que ia perdendo o orgulho por estar na cidade, pensava no que eu estava fazendo neste mundo. Éramos seres estranhos, sem capacidade alguma, a errar pela metrópole. Sofria pensando que as gerações seguintes perderiam a noção de si e de suas origens. Pensava na necessidade de encontrar algum meio de recuperar a memória de conexão com os antepassados. Como manter o vínculo da terra ancestral com a cidade? Precisava encontrar um meio de voltar a recuperar a terra ancestral. A forte lembrança sobre a herança cultural era como se fosse uma paixão. Apaixonado é que consigo estar na porta do mundo ancestral. Quando tive o despertar de ser um herdeiro da minha cultura, veio-me a decisão de trabalhar com reverência e humildade para com a nossa tradição. Todavia, quando trabalhava arduamente, percebi as minhas limitações e o quanto sou pequeno para trabalhar sozinho. Foi então que sonhei. Passei a receber ensinamento dos sonhos, como é o costume da nossa tradição.

Não é todo mundo que tem acesso à linguagem do sonho. Assim como há pessoas que dominam facilmente os instrumentos musicais, há os que se esforçam e não dominam. Do mesmo modo, há quem tenha vocação para o mundo do sonho. E os que têm vocação, ao acumular treinamentos e experiências, conseguirão entender essa linguagem. Por exemplo, entre os Xavante, há o "sonhador", que se especializa em sonhar. Ele vive uma vida de abstinência e treinamento espiritual para desenvolver esta capacidade. Para isso, ele tem um local de estudo, como se fosse uma universidade.

Quando a aldeia se defronta com uma necessidade de saber sobre o seu futuro, os Xavante recorrem a este "sonhador". Então, esperam dias seguidos até que ele sonhe. Logo que ouvirem o sonho, eles tomam a sua decisão.

Ao contar o sonho que tive ao ancião sonhador Sibupá, do povo Xavante, ele me perguntou insistentemente sobre os detalhes. O rio estava cheio ou vazio? Qual o pássaro que apareceu? É assim que ele ensina sobre o significado do sonho narrado. Se sonhei com coruja, o significado é um. Jacaré já tem outro sentido. Os animais cumprem uma função de mensageiro e podem representar algumas situações. Como se pode estudar por livros, podemos aprender com os sonhos. Saber o que o meu sonho quer dizer me permite decidir sobre o caminho a seguir.

Sibupá também contou um sonho.

No sonho, ele estava viajando pelo mundo. Viu florestas derrubadas, animais morrendo e muitas doenças. O mundo estava deplorável. Continuou viajando e, lá adiante, apareceu um velhinho, ancestral muito antigo, que lhe disse: "Estou muito triste que a floresta está se extinguindo, o mundo adoecendo, e vocês permitem. Vocês precisam reerguer a natureza. Comecem a agir pela sobrevivência da floresta. Se a floresta se mantiver saudável, vocês serão felizes. Vocês são muito trabalhadores e esforçados. Mas precisam, de agora em diante, mudar o rumo das atividades, recuperar a floresta destruída, criar terras onde as crianças possam crescer em meio a suas culturas tradicionais."

O sonho de Sibupá inspirou a criação do Centro de Pesquisa Indígena e mudou o rumo das minhas atividades.

Foi na década de 1970 que o governo brasileiro iniciou grandes projetos de exploração em todo o território. Os indígenas de diversos lugares começaram a reagir. Fui procurar e encontrar lideranças e pajés, conversar com seringueiros e povos da floresta, com quem aprendemos muito. Em 1979, resolvemos fundar a UNI.[1] Nosso objetivo inicial era garantir a

---

1. N.E. A União das Nações Indígenas (UNI) foi o primeiro movimento indígena de expressão nacional. Frente às dificuldades impostas pela ditadura militar, não obteve registro legal até 1985, quando passou a ser representada juridicamente pelo Núcleo de Cultura Indígena – NCI. Em 1989, dentro do Núcleo foi criado o Centro de Pesquisa Indígena. Se o objetivo do Núcleo era proteger, resgatar, promover e divulgar a cultura tradicional indígena, o CPI buscava criar estratégias de fortalecimento dos territórios indígenas e das comunidades humanas dentro da floresta. O CPI lançou as bases para que, do encontro com Chico Mendes, fossem pensadas as Reservas Extrativistas.

posse legal da terra para impedir qualquer invasão dos brancos e criar uma rede com as várias nações indígenas.

Queríamos sair da dependência da FUNAI, promover educação e saúde nas aldeias com as mãos dos próprios índios, formar um centro de estudos e pesquisas sobre as nações indígenas, um congresso de representação indígena, criar nossas leis e obter autonomia.

A atividade da UNI foi uma sucessão de dificuldades e barreiras. Era uma sociedade não legalizada, sem telefone, apenas com um pequeno escritório secreto em uma sala emprestada pela Igreja. Os membros da UNI passaram a enviar mensagens para todo mundo explicando nossos objetivos, o que resultou em apoio de vários lugares. Chegamos a receber doações de presidiários de Dakota do Sul, nos EUA; crianças alemãs promoveram um concerto de *rock* para arrecadar fundos, que nos enviaram; da Noruega e do Canadá também vieram doações significativas. Enfrentamos muito perigo e violência. Sofremos várias ameaças de sequestro. No Paraná, Angelo Kretan, liderança camponesa local, foi brutalmente assassinado pelos madeireiros. No Mato Grosso, Marçal Souza, vice-presidente da UNI, foi assassinado. Eram lideranças que semeavam os sonhos da UNI, a favor dos povos locais. Entretanto, eles não conseguiram nos assassinar a todos. Sobrevivemos, conseguimos fazer com que a UNI crescesse e pudemos criar um laço de solidariedade com as diversas nações isoladas em vários cantos do Brasil.

Estamos tentando legalizar a posse das terras. Mas estamos preparados para defendê-las? Conseguiremos repassar para as futuras gerações a herança que estamos recebendo? Para defender a cultura e continuar transmitindo-a para os jovens, precisamos começar com a semente, plantar e criar raízes fortes.

Quando criamos o Centro de Pesquisa Indígena, em 1989, nós já tínhamos articulado a mobilização em torno da mudança de paradigma na Constituição de 1988. Foi assim que evitamos nos tornar uma nação de mestiços assimilados.

Aquele ato foi apenas o começo. Agora, o mais importante é aprender a defender a terra e como deixá-la para os nossos filhos. Quando os índios perderem a sua cultura, ficarão iguais aos brancos. Eu mesmo, se não fossem os pais e antepassados a me ensinar a nossa cultura, estaria igual aos brancos, bêbado e querendo ser político como eles.

Para os indígenas, que são, em sua maioria, originários de culturas de caça e coleta, a floresta é o seu meio de subsistência, lugar sagrado de onde aprendem a sabedoria da vida. O governo retira do índio a sua terra, convida madeireiros, pecuaristas, mineradores, posseiros, enfim, os diversos exploradores, que constroem estradas, hidrelétricas e enormes garimpos. A exploração destrói a base de vida dos índios, que, sem ter para onde ir, são engolidos pela sociedade de brancos, na sua classe mais baixa e empobrecida.

Por exceção, há índios que conseguem estudar e se tornar advogados, e até mesmo deputado federal. Mas, de modo geral, há uma clara barreira de línguas e cultura, além de fortes preconceitos. Uma Krikati que se casou com um homem branco da cidade, ao retornar à aldeia, confessou: "Quando volto para a aldeia, me sinto em paz. Pois ali, na cidade, vivo constantemente estressada, as pessoas não se ajudam umas às outras. Aqui na aldeia nem preciso fechar a chave da casa, posso conversar amigavelmente com todos."

Por outro lado, quanto mais os jovens participam da educação globalizante trazida pelo governo, mais se distanciam das tradições e culturas. A cultura indígena, de convivência com a floresta, é contrastante em relação à cultura urbana, que visa a exploração e o desenvolvimento.

O Centro de Pesquisa Indígena era um estágio avançado da UNI, com o objetivo de criar harmonia entre tecnologia e natureza, introduzindo técnicas que fazem sentido para a vida indígena. Idealizamos viver em um lugar bonito e introduzir apenas técnicas úteis a esta vida. Mesmo as pessoas que vivem na cidade, se souberem equilibrar utilidade com natureza, quem sabe a vida possa ser melhor. Assim como as águas dos rios enchem ou esvaziam de acordo com a estação das chuvas, é preciso aprender a respeitar o ritmo da natureza, aprender que existe tempo de abundância e de escassez.

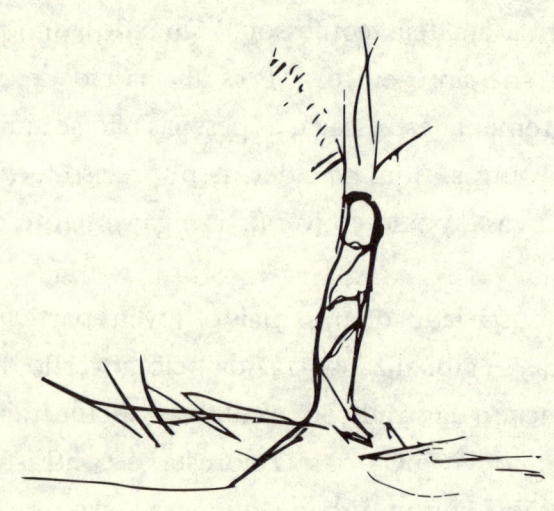

Rio Juruá, aldeia Breu,
Terra Ashaninka

Os Ashaninka se enfeitam como pássaros e animais da floresta, e então compartilham esta beleza. É muito importante compartilhar a beleza. Samaúma significa 'união da beleza'. Quando canto para a samaúma, há um sentido ritualístico, de tal modo que, ao cantar repetidas vezes, o espírito da floresta é chamado. Este espírito nos traz força, e, em agradecimento, oferecemos nossa gratidão e reverência. Os ocidentais medem a floresta pelo seu tamanho.

Nós entendemos que a floresta é um ser vivo. A floresta sustenta milhares de pessoas, animais e plantas. É a fonte da vida.

O cajueiro tem uma vida de seiscentos anos. Um mogno chega a ter mil e duzentos. Quando nos sentamos a seus pés, escutamos a sua história de vida e seus cantos.

A civilização ocidental não só veio desrespeitando os meus ancestrais, que vieram nos ensinando como caminhar neste planeta, como também pisoteou os seus valores. Mas nós continuamos ensinando as nossas crianças.

Quando chegamos à Terra,
descemos como pássaros
que pousam silenciosamente,
e um dia partimos de viagem ao céu,
sem deixar marcas.

A filosofia ocidental prega que "existimos para realizar algo", e então mandam produzir suas esculturas, deixar seu registro de realizações. Provavelmente, para os ocidentais, é honroso fazer barulho escandaloso na morte. É só ver a quantidade de monumentos construídos homenageando seus heróis. Entretanto, penso que podemos existir sem ter que deixar nada. Isto porque receber a vida e viver, por si só, é maravilhoso demais.

As pessoas de países desenvolvidos se dizem guardiãs do planeta. Mas o que é essa ciência que produz um monte de coisas e depois fica buscando, desesperadamente, o que fazer com os resíduos? O que é a cultura baseada nesse tipo de ciência? Se amanhã a humanidade desaparecer do planeta, quem vai se incomodar? A galáxia e o universo continuarão existindo, como se nada tivesse acontecido. E daí, se, em um dia do futuro, o tamanduá se encontrar com o tatu e lhe perguntar: "Tem visto ultimamente os humanos?", o tatu lhe responderá: "É verdade, antigamente tinha uns humanos, né?"

Quando visitamos pessoas de lugares distantes da civilização, percebemos que elas usam utensílios antigos e tradicionais, e vivem com pouco. Recebem as pessoas com tudo o que podem oferecer, e gostam que elas permaneçam ali mais tempo. Não é belo isso? Veja o contraste quando se visita uma casa com modernos e completos equipamentos de ponta. Parece que ali as pessoas não se toleram umas às outras. Vivem dentro de uma cápsula isolada por parede de cimento, fazem de tudo para não escutar o barulho do vizinho e viram as costas para a vida dos outros.

Dizem que os pobres não têm tempo para pensar no futuro. Não concordo. Eu visitei muitas aldeias e muitos lugares de pessoas consideradas como pobres. Justamente nesses lugares é que mais vi pessoas pensando em um futuro melhor, pensando em melhorar o mundo.

É um mistério que as pessoas mais pobres sejam mais solidárias. Aquele que tem duas bananas oferece uma para o outro. Mas quem tem um caminhão de bananas nem pensa em compartilhar. Talvez seja um mal para as pessoas ter muitas posses. Certa vez, pousei em uma casa de família muito pobre, que tinha na cozinha apenas ossos de peixe e milho. Prepararam uma sopa com caldo dos ossos, e comemos todos daquele prato. Não seriam estas pessoas que compartilham e que sonham com um futuro melhor as que se abrem para novos mundos? Por acreditar nisso, consigo ânimo para levantar todas as manhãs.

Dentro de uma vida coletiva, em que convivem jovens e crianças, adultos e idosos, desenvolvemos um espírito generoso, capaz de considerar um ao outro. Observamos pessoas de pavio curto, impacientes, raivosas, as que são trabalhadeiras, as que gostam de ajudar. Assimilamos de perto diferentes tipos de pessoas, e isto vai refletindo na consciência de si. Aprendemos a enxergar e controlar dentro de nós mesmos as diferentes emoções. É possível que esta vivência deixe as pessoas mais generosas. Pode ser que não nos torne um ser especial do planeta, mas nos torna mais e mais flexíveis.

Para o indígena, a floresta é a sua riqueza. Nas árvores habitam espíritos, que nos possibilitam construir casas de madeira e canoas, e também nos fornecem remédios. Caçamos na floresta. Ninguém quer trocar a floresta pela agricultura.

Os nossos ancestrais sabiam o que se deveria fazer neste mundo, nesta existência. Isto porque herdavam a memória do povo. Somente ao compreender seu povo se pode reconhecer a si mesmo. Ou seja, o ser humano, ao ter o referencial da sua cultura, poderá saber quem é e para onde está indo. E, como consequência, haverá sentimento de aceitação do mundo, enquanto, se não houver este referencial, fica com sentimento de rebeldia. Aquele que perdeu a cultura e se distanciou da tradição procurará algum apoio "espiritual", por meio de atos terroristas ou guerra, podendo até se tornar doutrinador religioso ou político. Somente sabendo de onde veio conseguirá se harmonizar com o mundo e viver em paz.

Todas as crianças que brincam na aldeia herdam uma visão de mundo integrada com a natureza. E, como suas atitudes estão de acordo com a memória ancestral, vivem em paz. Um dia, quando se olharem no espelho do mundo, verão a si mesmos. Mas quem perde a conexão com os antepassados se vê num espelho rachado, não consegue mais ver a sua identidade.

As crianças daqui vivem dentro de uma cortina transparente que protege a sua identidade. Se romper esta cortina, as crianças entrarão em contato com o mundo exterior e podem sofrer um enorme choque. Mas, se o contato for vagaroso, poderão assimilar o mundo harmoniosamente. Se for apressado, milhares de pessoas perderão seu rumo, perderão seus referenciais e se isolarão do seu mundo. Então vejam o que aconteceu com mais de 500 etnias do Brasil no decorrer dos 500 anos de contato com a civilização branca.

O Centro de Pesquisa Indígena foi criado para ser um canal de contato com o mundo exterior, mantendo sua identidade. Colaboramos com os jovens das aldeias para criar meios de convivência com o mundo exterior. Intentamos que os danos aos povos originários sejam os menores possíveis. É como se, em uma queda do avião, todos tivessem tempo de usar seus paraquedas e saltar, aterrissando lentamente.

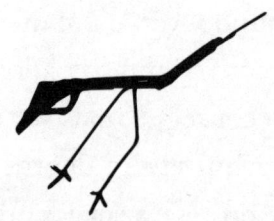

Rio Gregório, aldeia Nova Esperança,
Terra Yawanawá

Vou contar sobre os grandes espíritos que visitam o povo Krenak por ocasião das festas. Segundo o mito dos Krenak, eles são pessoas que passaram por este mundo há muito tempo. São os seres que nos ensinaram a caçar, a pescar, a fazer bonitas pinturas no corpo, preparar os lindos adornos e utilizar remédios de plantas. Esses conhecimentos foram presentes que deixaram para nossos filhos. Diziam: "Usem estes adornos e façam estas pinturas nas festas. Se assim o fizerem, nós também podemos participar". Por isso, as festas são feitas não só por nós, mas com a presença desses espíritos ancestrais. Quando eles chegam nas festas, vêm para nos ensinar novas coisas, novos meios de viver no mundo. Ensinam também as coisas lindas do passado. E, chegando, eles nos mostram o futuro, assim podemos continuar o trabalho, caminhar e receber vitalidade para continuar vivendo e cuidando das nossas crianças. Ainda hoje, a criação do mundo continua. Essas lindas festas são um momento de unir energias para prosseguirmos na criação.

O canto do pajé Yawanawá, guiado pelas plantas, chama nossos ancestrais. Não são ancestrais de 100 a 500 anos, mas de muito mais tempo atrás. É também a porta de entrada para o outro mundo, onde perdemos a identidade de indivíduo e nos conectamos com toda a existência da natureza. Penetramos nas seivas de árvores, nos tornamos gavião que voa alto, seres da água, viajamos e passeamos com os ventos. E então aprendemos a retornar à raiz da existência. Quando aprendemos isso, vivenciamos como é poder ser o outro, poder ser ancestral; viajamos para o futuro assim como ao passado, e voltamos para o tempo atual. Esta é uma enorme e valorosa herança para nós.

Existe o pensamento de que "o humano é pequeno e o universo, enorme". Mas, se vivemos dentro deste mistério da criação, somos também tão grandes como o universo. Não estamos fora do universo, mas estamos, sim, integrados a ele. Se pudermos viver dentro de uma cultura espiritualizada, que nos ensine isso, não haverá qualquer necessidade de construir um monumento para perpetuar o nome. Isso porque o universo é, ele próprio, este maravilhoso monumento.

Nos olhares destas crianças da aldeia Yawanawá, vemos a projeção de um longínquo passado. Nos seus olhos reacende-se a mesma memória, embora mantendo a diversidade de uma corrente do rio. São as tradições de cantos, rituais, enfim, de memórias ancestrais de antepassados milenares. Nós não possuímos nem estátuas, nem pirâmides. O que nos importa são as nossas memórias. Dizem que a evolução humana segue uma linha ascendente, mas o pensamento dos povos tradicionais, que permanece desde antigamente, é diferente. O seu processo de evolução do mundo é mais um círculo com movimentos pendulares de ida e vinda. A visão de mundo dos povos originários sempre tem em mente os ancestrais.

No fundo da cultura ocidental, parece-me que há a vontade de dominação do outro. Eles fazem o máximo para se separar da natureza. Nós não vivemos para dominar ou conquistar. Parte da humanidade experimentou o desenvolvimento cultural. A outra parte manteve as tradições. Os povos ancestrais são os que permaneceram na parte espiritual, mantendo constante diálogo com a fonte da criação. E, ainda hoje, nós, os povos ancestrais, estamos protegendo a parte do planeta onde todos podem vir descansar.

Durante a sua história de contato com os brancos, guerras e dominações fizeram desaparecer muitos povos e culturas de uma forma trágica, como jamais acontecera. Foram os mais miseráveis atos da humanidade. A tal educação imposta pelos brancos aculturou o seu espírito, e romperam-se as tradições peculiares de cada nação. Mas não temos por que permanecer na tristeza. Tenho fé de que as nações sobreviventes voltarão a crescer, continuarão defendendo a sua identidade e cultura.

O povo Ainu, no Japão, também sofreu enorme perseguição. Mas, se um deles sobrou, todo o povo sobreviverá através dele. Desde que este sobrevivente continue mantendo o sonho e a herança da tradição, o seu mundo poderá ser reerguido. O nosso mundo não existe para ser consumido. Se, por acaso, uma enorme catástrofe nos transformar em pó, e esse pó for espalhado pelo vento, o espírito dos nossos povos continuará a viagem.

**Desde que o sol continue a seguir
sua trajetória cósmica,
o espírito continuará olhando para o sol.**

WATORIKI, CASA DO VENTO, TERRA YANOMAMI

A FLORESTA NÃO SE LIMITA A SUSTENTAR A VIDA. Ali é onde nascem conhecimentos e sabedoria. A floresta é o local de inspiração, local onde percorrem a memória e a história ancestral. É a herança que mais amamos. Hoje em dia, a humanidade fica manipulando os genes, achando-se capaz de imitar a criação. Qual a finalidade de promover mudanças genéticas? Toda a criação da natureza é resultado de muitos e muitos milênios de sabedoria e herança.

Certos cientistas afirmam que, se o humano ficar com medo de superar os limites, a civilização para de evoluir. Mas o que se vê sobre as tecnologias inventadas nestes últimos 200 a 300 anos são, muitas vezes, os problemas que elas geraram. Há muita concorrência para dominar o planeta, registrar patentes, clonar, manipular geneticamente, fazer corrida armamentista e conquistar o espaço.

Não seria engraçado se trouxéssemos estes *líderes da evolução* aqui neste igarapé e os deixássemos soltos até o amanhecer?

Os ocidentais não valorizam os povos tradicionais, chegam a taxar as pessoas de possuir baixo QI, de ser incapazes de desenvolvimento. O mundo ocidental atingiu uma velocidade das coisas a ponto de viver os milionésimos de segundos e, ainda insatisfeito com o que atingiu, cria tempos imaginários. Por outro lado, os povos tradicionais cuidam da vida com respeito ao ritmo cósmico, de acordo com a memória ancestral. Sabem como nascer, criar filhos, conviver com as outras pessoas, manter alegria, transmitir conhecimento e sabedoria para jovens e futuras gerações. Quando todas as tomadas de eletricidade do mundo forem desligadas, os Yanomami continuarão a viver sem perder a sua autonomia, pode ser que até consigam viver sem ter conhecimento do mundo em apocalipse. Quem pensar nisso poderá, provavelmente, perceber e inibir a arrogância de se acharem "os civilizados", pessoas com orgulho de se acharem os melhores.

Nós escolhemos materiais biodegradáveis para construir nossas casas, preparamos oferendas para os espíritos da floresta, expressando nosso respeito pela natureza. Sabemos de povos que construíram monumentos como as pirâmides, querendo que durassem para sempre. Mas nós nos preocupávamos em não deixar rastros. É a diferença entre os povos que cavam e cortam morros e montanhas e os povos que reverenciam as montanhas do jeito que elas são. Os povos maias, embora tenham construído pirâmides, tiveram dissidentes que preferiram voltar para uma vida mais conectada com a natureza, afastaram-se destas construções perenes e retornaram para a floresta. Uns voltaram para as montanhas, outros para o deserto, abandonaram a construção do mundo material e preferiram permanecer em um mundo modesto, onde se construía um universo de criações mais sutis. Um certo sábio maia profetizou que "aqueles que permanecerem nestas construções sofrerão uma catástrofe". E, de fato, aconteceu a tragédia de invasão pelos homens brancos. Mas houve pessoas que compreenderam a profecia e se afastaram dali, partindo para uma longa jornada na floresta. Os brancos trouxeram doenças, mas estas não chegaram até as profundezas da mata. Hoje, essas pessoas vivem na Guatemala.

Atingir o pensamento de que se pode passar por esta existência de modo mais silencioso será um grande avanço para os filhos do planeta. Nós veneramos o mundo criado pela natureza. Como tudo na natureza é muito lindo, nem sentimos necessidade de modificá-la. Todavia, a civilização, excessivamente autoconfiante, passou a pensar que se podem construir objetos mais perfeitos, mais bonitos. Querem transformar as cachoeiras, montanhas, ilhas e mares, e até mesmo a atmosfera. Isto demonstra que estão se achando os seres mais importantes de todo o universo.

Entretanto, este é apenas um dos possíveis caminhos. Há o outro caminho, o de viver compartilhando com o mundo natural tudo de que precisa para a sua sobrevivência. Se é para existir e sentir a felicidade, não precisa de mais nada. Se toda a humanidade desperdiçar seus esforços para construir obras perenes, em centenas de anos o planeta desaparecerá. Não são todos os povos que pensam assim. Houve povos que colaboraram em preservar a floresta, os rios e as montanhas. Por isso, ao se comparar esses dois tipos de civilização, acabamos por ter de comparar quais deles nos deixaram maiores e melhores heranças.[2]

Não é o caso de avaliar o outro, mas sim de treinar a capacidade de superar as dificuldades e barreiras, olhando os outros como espelhos. E, mais do que

---

2. N.E. Ailton refere-se ao fato, por exemplo, de a Amazônia ter sido densamente povoada por humanos há cerca de oito mil anos, e a atividade daqueles que ali viveram ter contribuído para a diversidade e o vigor da floresta atual. Para mais informações, recomendamos a leitura de *Sob os tempos do equinócio: Oito mil anos de história na Amazônia central*, de Eduardo Neves (Ubu, 2022).

tudo, aprender a lidar com todos os seres da natureza como companheiros de vida na Terra.

Em várias regiões, encontramos plantas sagradas que têm relação com a criação. As plantas mestras devem ser usadas em rituais sagrados; se não for assim, não fazem bem nem ao corpo, nem ao espírito. As plantas de poder não deveriam ser usadas como drogas para uso recreativo. Até os meus 30 anos, eu não as conhecia. Foi quando me apresentaram a yãkoana, rapé com uso da cinza de um cipó, aqui com os Yanomami. A experiência foi poderosíssima; o meu espírito voou para fora da cobertura do xabono.[3] Por causa dessa experiência, soube o que tenho de desconhecido dentro de mim, e pude enxergar tanto os meus lados positivos como os negativos. Sei que o modo de se conhecer é diferente para cada cultura. No Ocidente, utilizam-se de psicanálise e psicoterapia, enquanto na Ásia procuram fazer isso através de meditação. Nós, indígenas, procuramos nos conhecer utilizando plantas.

Os Yanomami promovem os mesmos rituais de antigamente, assim como dançam e saltam como faziam seus antepassados e, desta forma, compartilham a alegria com eles. Se a festa for alegre e bonita,

---

3. N.E. Xabono é a grande maloca comunitária dos Yanomami.

os antepassados retornam contentes para seus lugares. Ao observar atentamente, percebemos que as pinturas corporais diferem para cada um. Pinturas corporais são como um cartão de visita. Demonstram a aldeia de origem e expressam se nasceu um bebê na família ou se houve alguma notícia triste.

Em toda a natureza, existem as energias masculina e feminina. Mesmo entre os homens, tem aqueles com maior compatibilidade com as mulheres, ou os que possuem em si a energia feminina. Se ficam com uma única energia, estarão fadados a seguir um caminho de solidão. Nos tempos atuais, a discriminação que fazem aos idosos em um ambiente de trabalho é igual à discriminação contra as mulheres. Tanto homens como mulheres são obrigados a ceder o lugar para jovens masculinos. Mas, em uma sociedade tradicional, o impulso do jovem dominador é controlado pelos seus mecanismos sociais. Pois, ali, os poderes não têm gênero. São poderes naturais. Mesmo o jovem não consegue viver só na floresta. Para viver na floresta, ou em desertos, ele precisa herdar os conhecimentos e as sabedorias tradicionais. E compartilhar amor e respeito mútuo. Assim são os povos originários.

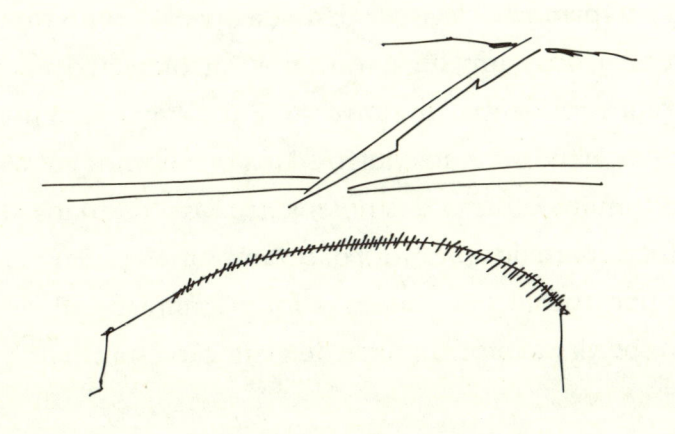

Sobre a morte

Os Yanomami não temem a morte. Ficam tristes pelo sentimento de perda de um companheiro com quem compartilhavam comidas e festas. Um idoso da aldeia disse: "Como os antepassados que nos visitam nas festas, não tenho medo da morte, porque posso retornar às festas dos meus filhos e netos".

Nada temos quando nascemos e nada de especial acontece quando morremos. Tanto a vida como a morte não passam de parte da correnteza de um grande rio. A minha morte não interromperá esta grande correnteza. O grande rio deve ser um fluxo de vida que continua dos antepassados para os seus descendentes. A noção de vida e morte, para eles, é tão serena como a correnteza de um caudaloso rio.

A Terra não deve ser pensada apenas como uma morada, mas um lugar que nos foi oferecido para evoluirmos dentro do universo. É um lugar para nos conhecermos uns aos outros. Nós precisamos cuidar com muito carinho dos nossos irmãos e de todos os outros seres, do contrário, não vamos mais poder viajar por este planeta que nos foi presenteado. Podemos perder a oportunidade de evolução espiritual.

**Na nossa língua krenak,
a palavra viver é a mesma de respirar.
Todo o universo respira.
Por isso, no momento em que recebemos a vida,
entramos no ciclo da Terra
e nos mantemos coordenados
com a respiração do universo.**

Para nos mantermos responsáveis por sermos agraciados com a vida, buscamos nos iluminar e prosseguir o próprio caminho. E este, sim, é o verdadeiro significado de nossa passagem neste planeta. Na mitologia Krenak, quando morremos, nos unimos com a fonte de energia que brilha e sustenta a vida de todo o universo. Após a morte, nos tornamos uma parte do Grande Poder Universal, que sustenta o planeta e o cosmos. Somos uma unidade de vida que extrapola o campo das experiências individuais de tal forma que nos expandimos para todo o cosmos. Esta é, ao mesmo tempo, uma esperança que permite não termos nenhum medo da morte. Nascer e morrer é natural. Quando morre uma pessoa amada, o sentimento de perda nos faz querer que o tempo pare. Mas, como isso não acontece, choramos. O choro lava a alma, como os rios, e torna possível voltar a seguir a vida.

Rio Jordão,
Terra Huni Kuin

Se nos permitirmos descansar o corpo na natureza, todo o cosmos passa a trabalhar a nosso favor. Mas, se cortarmos ou negarmos a relação com a natureza, passaremos a depender apenas da nossa força individual e nos tornaremos solitários.

Para pescar, é preciso do apoio do espírito da água, é preciso negociar com este espírito. O rio está em constante movimento, e a água de hoje é diferente da água de ontem. A água se mantém límpida por estar sempre em movimento. Assim como o vento, que carrega sementes, a água também carrega as suas sementes. A nova vida que nasce carrega consigo a memória do antigo. É o dinamismo que miscigena o velho e o novo, assim é a vida.

Nas cidades, o que une as pessoas são os computadores. Na floresta, são as canoas. Isso faz com que pensemos de forma relativa. Alguns pensam que aqueles que inventaram jatos e satélites capazes de voar até o céu são mais avançados do que os que fabricaram canoas e atravessaram para o outro lado do rio. Ambas as tecnologias são iguais, por se tratar de atravessar de um mundo para o outro. A diferença é a distância. Os povos da floresta sabem construir tudo que é preciso para a própria vida.

O humano contemporâneo procura generalizar tudo e tenta classificar cada coisa. Tende a se emocionar com coisas grandiosas e fazer delas seu desafio. Mas, por exemplo, se você puder observar os lindos desenhos de uma asa de borboleta, os mosaicos que se formam na superfície de um rio, os traços de cada flor ou de cada pedra, desenvolver a capacidade de atenção e paciência em observar o broto de uma palmeira crescer e se transformar em uma árvore e depois dar flores e frutos, conseguirá descobrir as infinitas formas e a beleza das cores que vêm da vida ao redor.

Perceberá, então, que pequenos insetos e passarinhos, assim como grandes animais emitem, cada um, seus variados cantos, e que eles tocam uma orquestra da natureza de sons sutis e sensíveis.

E para sentir isso tudo, se faz necessária uma folga no tempo. Uma pessoa que escolheu viver na competição e na velocidade não conseguirá valorizar estes detalhes; perde a capacidade de criar dentro do seu tempo momentos de compartilhar amizades. Perde, inclusive, a capacidade de conviver com as ricas manifestações da vida observadas pelos povos originários.

Por mais bonito que seja um entardecer, nem todos conseguem sentir e se emocionar com sua beleza. Estão com a cabeça cheia de preocupações com dinheiro, casa, carro, educação dos filhos, família. Pessoas que vivem deste modo caminham olhando para baixo; por mais que o sol do entardecer promova as mais lindas imagens no céu, elas não percebem. As forças dos rios, das montanhas, ventos, sol, estrelas, lua, animais, árvores se manifestam iguais para todos. Todos poderiam tocá-las. Mas algumas pessoas só olham para o seu umbigo, nada enxergam, nada escutam.

O cosmos é constituído tanto de energias negativas como de positivas, e o humano é dominado por estas energias. Há a energia negativa que está nos levando ao caos, e a energia positiva que nos dirige para a criatividade e o amor. O humano vive em meio ao conflito entre estas duas energias. Mesmo uma pessoa má tem vontade de ter uma boa vida. É um certo comodismo ficar culpando os outros, dizendo que a realidade é decepcionante, que a política está errada, que os nossos tempos estão muito ruins. Se continuar assim, está sendo derrotado pela energia da maldade.

É preciso encontrar as boas energias e ajudar na sua ampliação. Ninguém sabe se o planeta será destruído ou não. Mas, se sobrar uma pessoa com boa energia, consegue-se transmitir a esperança. Precisamos nos dedicar a compartilhar a boa energia que cada um de nós possui. A nossa energia pode ser trocada com todas as energias cósmicas. Ao fazer esta troca de energias, poderemos evitar a estagnação. Assim como uma lagoa, quando a água fica parada, a lagoa inteira vai apodrecer. Por isso, precisamos estar dentro do fluxo da vida, sem parar, recebendo e doando a nossa energia, sem parar. Essa, sim, é a mais lúcida e criativa atitude que podemos tomar.

**A cultura dos povos ancestrais
são artérias do planeta.**

Qualquer pessoa pode escutar a sinfonia que vem da floresta. Pode ter pessoas que não queiram escutar. Como há diversidade de pensamentos, cada um deve fazer o que pensa que deve. Mas, mesmo que a pessoa siga o caminho errado, ela quer, na verdade, seguir um bom caminho e buscar a felicidade. O objetivo da vida das pessoas é sempre igual, e todos se esforçam em buscar o próprio caminho. Pessoas como Gandhi e Chico Mendes foram muito dedicadas e esforçadas nos seus objetivos, mas, durante a vida, não foram valorizadas. Depois da morte é que foram reconhecidas. Todavia, ser valorizado não é o mais importante. Basta que cada um pergunte ao seu coração e siga o próprio caminho. Assim fazendo, mesmo que os caminhos sejam diferentes uns dos outros, chegarão, no fim, ao mesmo lugar.

Penso que o tempo é como que um amigo que caminha junto comigo. Por isso, ele não me persegue.

Mesmo estando com pessoas de outra língua, podemos aproximar nosso coração por meio da música, de fotos e de desenhos. E isso vai se transformando em palavras. Quando a pessoa que recebe a mensagem possui uma margem de aceitação no seu coração, poderá sentir a mensagem profunda de uma palavra. É preciso carregar a mensagem do humanismo. As palavras podem deixar as pessoas felizes e totalmente tristes. Podem até provocar guerras. Quando não consigo dialogar com uma pessoa usando a cabeça para me comunicar, fico envergonhado a tal ponto de querer me esconder debaixo da terra. As palavras não existem para ferir as pessoas, elas devem ser usadas para criar.

Certa vez, um jovem saiu para peregrinar em busca de um caminho para a sua vida. No meio da viagem, encontrou um fantasma, que lhe perguntou: "Você está falando à toa, ou fala entendendo o verdadeiro sentido das suas palavras?" O jovem respondeu: "Estou falando à toa". O jovem então se virou para ver o fantasma e, surpreso, viu ali uma pessoa de verdade. O fantasma era apenas a sua imagem no espelho. Quando utilizava palavras superficiais, o espelho era de um fantasma. Mas a força da palavra do fantasma lhe fez perceber o sentido profundo das palavras, e a partir daí viu a sua imagem verdadeira.

As pessoas nascem com uma luz de sabedoria, que pode aumentar e fortalecer o seu brilho. Precisam deixar de mentir para si mesmas, ir acumulando experiências, procurando encontrar o seu próprio caminho.

A sabedoria é como o guia desta sua viagem.

As pessoas se perdem, se machucam, mas estas experiências são lições de vida. Com a iluminação e sabedoria, encontram e devem prosseguir firmemente seu próprio caminho. Assim como a luz do sol passa por minúsculos furos, nós também podemos ser este minúsculo feixe de luz.

O tempo passa, e as guerras nunca acabam, e atos estúpidos como genocídios e destruição continuam no planeta. Quando consideramos as lutas entre povos e suas atitudes violentas, o que sentimos não é apenas impotência para resolvê-las, mas também vergonha por nossa incapacidade. Quando refletimos com sinceridade, percebemos que todos os humanos possuem dentro de si um instinto destruidor. E, quando este predomina, agem com violência. Quando nos lembramos de tantos atos violentos contra indígenas, ficamos por demais afetados, a ponto de nem conseguirmos verbalizar. Mas perguntamos: O que é mais fácil? Transformar a natureza em lixo ou em um bonito jardim? Para transformá-la em um lindo jardim, precisamos considerar as estações do ano, e de muito tempo de dedicação e persistência.

Mas destruir a harmonia da natureza e transformá-la no lixão, isso se faz em um dia, enquanto recuperar a natureza pode demorar e envolver até as gerações seguintes.

Assim é o egoísmo, não?

O humano é muito egocêntrico. Se o sol estivesse mais perto, teria até usado o sol para queimar suas sujeiras. Mas, para nós, indígenas, o sol é para ser reverenciado. Os rios são como artérias da natureza. São nossos parentes, e cada rio tem um nome.

As montanhas também são vivas. Mas o homem branco vem e destrói árvores e montanhas, preenche a terra de cimento e concreto. Eles chegam a tampar os rios, sem saber que tudo na natureza tem o seu sentido.

No mundo existem energias que, às vezes, lutam entre si, outras vezes entram em equilíbrio dinâmico. Pode ser que vocês sintam a existência de energias como imaginação extraterrestre. Mas, na verdade, pode-se sentir a presença delas no nosso dia a dia. E podemos fazer a escolha dentre elas diariamente. Seja para escolher a profissão, a casa ou com quem se quer viver. São escolhas que fazemos.

Tendemos, todos nós, a pensar de forma dual, como, por exemplo, um país desenvolvido e subdesenvolvido, o tradicional e o moderno. No entanto, pode acontecer de se desenvolver ciência e tecnologias que não agridam a natureza e as pessoas, e que seja possível modificar a economia que se baseia em explorar a natureza.

Devemos buscar e cultivar
lugares de encontro
entre as pessoas que se esforçam
em fortalecer o bem viver.

Quando nosso espírito brincalhão e as nossas curiosidades desta existência estiverem devidamente preenchidos, conseguiremos pensar que estamos preparados para abandonar este mundo com tranquilidade. Chegará o momento em que não nos importaremos se seremos enterrados, cremados, jogados na correnteza do rio ou do mar, ou se o vento vai dispersar nossas cinzas.

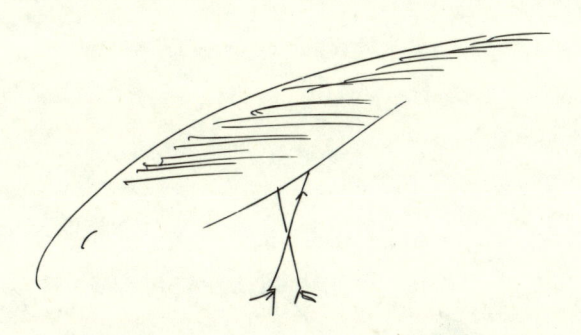

UMA CACHOEIRA

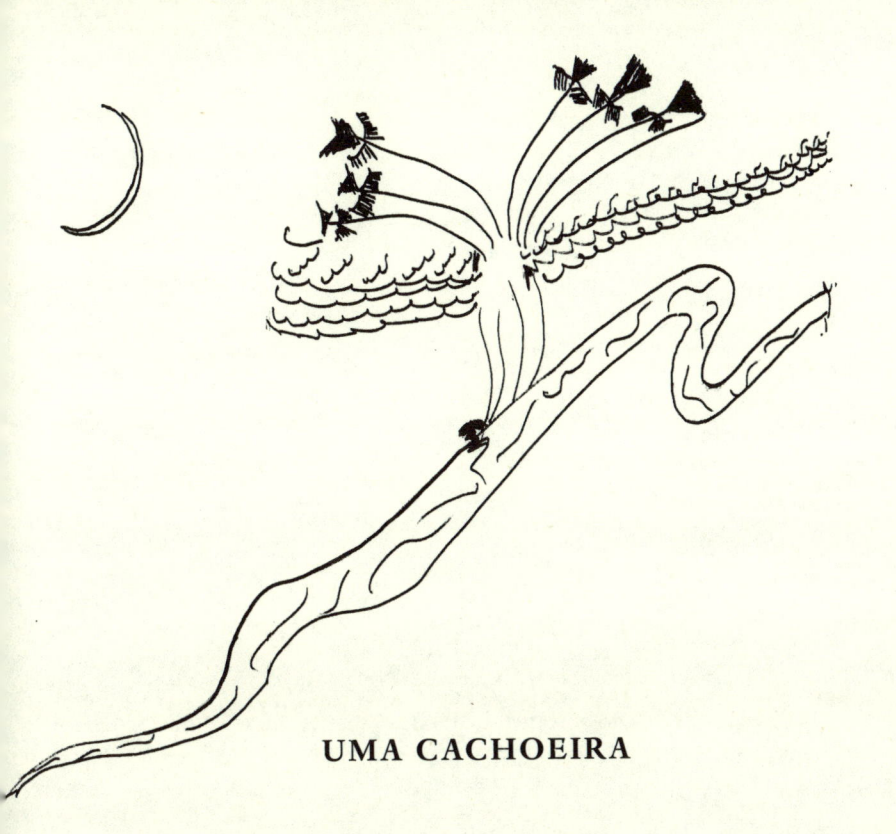

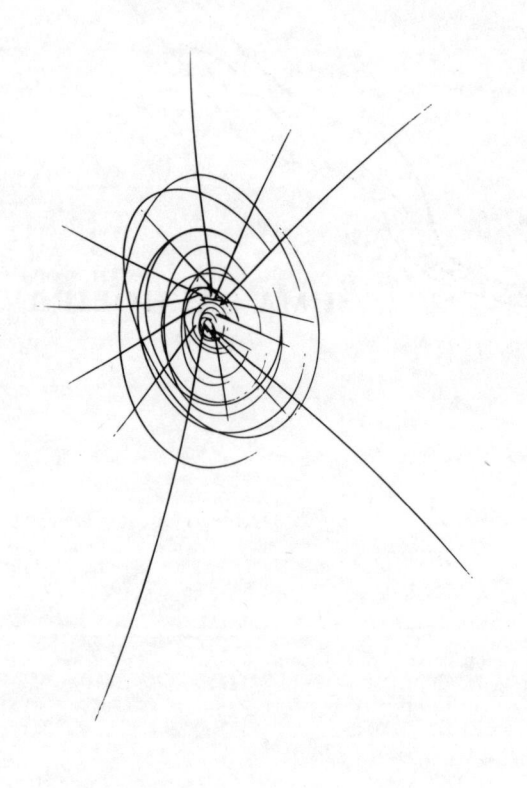

Quando as comunidades humanas, independentemente do continente em que viviam, criaram relações plurais com o que chamamos de natureza, essas relações eram tão fluidas que, em muitas línguas, sequer existe o termo "natureza". Esse termo foi composto a partir das relações que as comunidades foram estabelecendo com o que veio a se constituir como "a invenção da natureza". Alguns autores do século XIX conseguiram identificar um momento em que foi interessante para algumas sociedades definir o que é natureza e designar uma espécie de separação, um corte radical entre o que é cultura e o que é natureza. Dentro do universo da cultura estão também as experiências política e econômica. A cultura é economia e política. A natureza é o que fica de fora.

A possibilidade de estabelecer um pensamento neutro em relação à política e à natureza é uma produção ao longo da história dos últimos duzentos, trezentos anos. Ninguém pode ser neutro em nada. Nós somos todos profundamente envolvidos com o que acontece. A gente pode até reivindicar uma neutralidade em relação a determinados campos da vida. Podemos ser neutros com relação à política e não querer participar de nenhuma corrente política. Podemos ser neutros em relação à questão, por exemplo, dos conflitos. Na Segunda Guerra Mundial, a Suíça ficou neutra. Ela ficou de fora dos conflitos, e muita gente viu isso como uma coisa positiva. Durante muito tempo, ela se constituía em uma espécie de parâmetro para a neutralidade. Talvez eles tenham se sentido muito confortáveis nesse local e tenham criado, inclusive, uma justificativa para permanecer nesse lugar neutro.

Acontece que essa neutralidade produziu também um privilégio exclusivo, que é o de poder guardar segredos e ser, de certa maneira, o guardião das relações abertas no mundo, que ficavam ali protegidas, neutras. Sabemos do grave destino que muitas fortunas tomaram ao se encaminhar para aquele país: Suíça. Ficou sendo uma espécie de blindagem de riquezas indevidas. Muita gente com fortunas incalculáveis escondia seu patrimônio na Suíça. Isso é um fato público; todo mundo sabe que a Suíça é uma caixa-forte que guarda a neutralidade de quem não é nem um pouco neutro, porque as ditaduras do mundo inteiro, que jogam dinheiro escondido na Suíça, não são neutras, elas estão entranhadas nas vidas das populações, em muitas situações, criando uma dominação e uma espécie de totalitarismo global. Ora, se essa injustiça política e social está hoje coincidindo com a crise climática, parece que ela traz um desafio novo para esse lugar de neutralidade. A crise climática diz que ninguém vai ficar impune diante das mudanças climáticas.

Quando a temperatura do planeta alcançar níveis insustentáveis, vai ser impossível a neutralidade. Esse corpo não ficará neutro; esse corpo também vai ser afetado pelas mudanças que estão acontecendo ao nosso redor, nos ecossistemas, mas também no plano psicológico, no plano mental. Nós sabemos que já existe hoje um alerta sobre o fato de que as pessoas estão adoecendo muito mais. Estressadas, elas estão perdendo a capacidade de compreender os eventos que nos estão sucedendo, os eventos que nos estão envolvendo.

Se a maioria das pessoas, globalmente, está sofrendo esse desconforto, é impossível alguém reivindicar um lugar de neutralidade. A neutralidade com relação à Terra, a isso que nós chamamos de natureza, é uma ficção. Não dá para abstrair a ponto de não ver que as geleiras estão derretendo, que o urso que era branco ficou marrom de tanta poluição e que o ar que nós respiramos está ficando doente. Não é possível a neutralidade diante de uma evidência tão grande de que algumas partes do planeta estão derretendo e outras, torrando com a temperatura muito elevada.

A Organização Mundial da Saúde – OMS alerta que podemos enfrentar uma crescente instabilidade com os países do norte da Europa tendo de receber imigrantes, tendo de receber refugiados de muitas outras partes. Esses refugiados vão bater na nossa porta, na sua porta, na minha porta, e não haverá neutralidade quando eles estiverem batendo na nossa porta, feito aquela canção do Bob Dylan que diz "Bate, bate, bate, na porta do céu". Quer dizer, se você criou uma neutralidade tão edificante, tão maravilhosa em que você pode viver como se fosse uma divindade, em algum momento você vai acordar com uma multidão batendo na sua porta e cantando uma canção do Bob Dylan.

Ora, é bom despertar para a emergência global. Ela não é mais só climática; ela é humanitária, é uma questão de justiça. Inclusive, existe hoje um consenso de que nós precisamos criar mecanismos de aplicação da chamada "justiça reparatória". A justiça reparatória é tirar privilégios de quem tem privilégios demais e minorar o sofrimento de quem tem sofrimento demais. Quer dizer, não se trata só da redistribuição da renda; trata-se, principalmente, da distribuição de afetos. Nós precisamos ter afetos com a existência, com a experiência da vida – e esse afeto, ele vem da Terra. É a Terra que nos ensina isso. É a mãe Terra quem nos ensina isso. Pisar suavemente na Terra é diferente de neutralidade, é envolvimento.

O que produziu a ideia de neutralidade foi uma longa história, de os humanos pensarem uma economia e um progresso desenvolvimentistas. É a ideia do desenvolvimento.

Agora nós estamos sendo convocados ao envolvimento.

Envolver-nos com afeto uns com os outros, independentemente das fronteiras que separam os nossos países. Essas fronteiras foram necessárias durante muito tempo, mas os humanos estão desafiados agora a evoluir. Nós precisamos evoluir, e evoluir significa transpor fronteiras. Fronteiras geopolíticas, fronteiras econômicas, fronteiras culturais. A gente tem de se envolver com o planeta, se envolver com a Terra, se envolver com os ecossistemas, que são a fonte de tudo o que a gente tem. Nós só podemos ter riqueza se a Terra continuar viva, com saúde e abundância para todos os seres. A Terra é a única mãe, é a única fonte, é a única provedora de riqueza. É impossível você produzir riqueza em um lugar neutro.

Um lugar neutro não produz riqueza; um lugar neutro acumula riqueza. Um poeta que não está mais entre nós, chamado Ernesto Cardenal, tem um poema maravilhoso, que fala das riquezas injustas, e o poema dele conclui dizendo que toda riqueza material é injusta, porque ele diz que é acumulação.

Se você cria uma experiência de neutralidade apoiada somente no egoísmo, você está antecipando o fim do mundo. Se nós quisermos adiar o fim desse mundo em que vivemos, temos de alargar as fronteiras com solidariedade, com compaixão e com um sentimento de pertencimento à Terra, em que a filiação da gente deixa de ser a uma bandeira nacional, a uma fronteira nacional, e passa a ser a nossa filiação à Mãe Terra. Nós somos filhos do planeta Terra. Se a gente não conseguir fazer essa religação, vamos experimentar um abismo. É um abismo cognitivo, é uma espécie de falta de sentido da experiência da vida.

Porque a experiência da vida é constituída de relacionamentos. Nós temos de nos relacionar com todos os seres não humanos. A vida não pode ser uma prisão humana. O casulo do humano, esse corpo que nos carrega, a gente não pode transformá-lo em uma espécie de isolamento da vida. Ele tem de ser, na verdade, atravessado por todos os sentidos da vida, para que a gente possa experimentar o sentido do que o nosso querido Emanuele Coccia chama de metamorfose, quer dizer, a folha, a árvore, a lagarta, a borboleta: é a vida em diferentes corpos. São casulos diferentes carregando vida, ou a vida atravessando todos esses corpos, todos esses artefatos. A vida é incontida, ela não para em lugar nenhum. Não há cofre que consiga reter uma quantidade de vida. Então, se você criar um lugar neutro no mundo achando que vai acumular vida, você está enganado, porque está se engajando, na verdade, no pior da experiência humana, que seria a necropolítica, que seria fazer uma política de morte em vez de fazer uma experiência de criação, uma experiência de produção de vida.

Produzir a vida é entrar em um fluxo, é ser correnteza, é pertencimento, não é isolamento. A ideia da neutralidade talvez seja uma espécie de abismo sensorial. Quem vive a neutralidade está vivendo uma experiência atomizante do ego, do egoísmo. A gente tem de escapar disso. Nós temos de escapar disso como um pássaro foge da casca do ovo. Se um pássaro ficar preso à casca, ele morre. Ele precisa romper a casca do ovo para voar. E, se a gente puder convidar alguém para voar, é melhor do que viver uma expe riência de neutralidade.

Eu fiquei muito mobilizado por essa expressão de que há um lugar do mundo que escolheu constituir a sua força a partir da neutralidade. Eu não sei de onde pode ter vindo a inspiração para isso, se ela é uma visão antropocêntrica, se ela é o núcleo do antropocentrismo, a ideia do homem como centro de tudo, ou se ela é mesmo uma espécie, assim, de primeiro movimento excludente, apoiado em uma visão racista, que seria isso que é denunciado como racismo estrutural, constituído de uma série de elementos sociais, econômicos, políticos e também de gênero, porque institui uma visão exclusiva de privilégio. Ela é patriarcal e, eminentemente, racista.

Estes corpos que nos constituem como que foram atingidos por um raio dentro da história, que criou um abismo cognitivo. Eu tenho trabalhado com essa ideia de abismo cognitivo como alguma coisa que nos afetou a todos, em qualquer lugar, os chamados "humanos". Porque nós fomos convocados a imaginar uma experiência de vida separada dos outros corpos não humanos. Tudo o que não é humano, a gente chama de natureza. É uma confusão instituída com base em nosso próprio entendimento de ser, de estar. O meu corpo separado dos outros corpos. Essa experiência física, sensorial, de separar o corpo da terra, separar o corpo de outros seres, da árvore, dos pássaros, do vento, de tudo – ela, em vez de nos fortalecer, nos torna frágeis diante de qualquer mudança. Qualquer vírus pode aniquilar nossa experiência de humanidade. Na pandemia, a gente já passou por essa tragédia; ficou todo mundo perdido, sem saber o que fazer. Precisamos acionar tudo quanto era ferramenta que a gente tinha: a medicina, os conhecimentos farmacêuticos, os conhecimentos de segurança, tudo foi acionado em função de proteger esse corpo frágil. É a ideia da neutralidade, querendo neutralizar esse corpo em relação aos danos colaterais, a tudo o que podia acontecer ao nosso redor, como se a gente pudesse salvar a nós mesmos enquanto a Terra ia se desfazendo em camadas. Alguns eventos recentes, como tempestades, cataclismas, derretimentos das geleiras, temperaturas altíssimas, a gente quer se isolar em relação a todas essas mudanças, como se a gente pudesse viver encapsulado.

Então essa doença da neutralidade não é uma experiência exclusiva de algum lugar do mundo. Ela está se tornando, na verdade, uma doença da humanidade, e ela pode estar muito relacionada com uma experiência egoísta de preservação da ideia de um corpo humano, alimentada por uma visão antropocêntrica e excludente, que acha que um inseto não precisa ficar vivo. Um pequeno inseto, a gente o elimina, porque ele incomoda. Também podemos eliminar outros humanos do mesmo tamanho que nós, porque nos incomodam. Primeiro, a gente se autorizou a fazer isso com pequenos insetos. Depois, a gente foi fazer com grandes insetos. Eu fico me lembrando de Kafka; ele teve de se debater com um inseto, ele teve de se resolver com baratas. Será que ele estava antecipando o risco da convivência entre humanos em uma perspectiva tão egoísta que não seria mais possível habitar o mesmo mundo? Que eles estariam invadindo o nosso mundo, invadindo a nossa experiência de isolamento, esse corpo blindado.

Essa ideia se reproduz depois na forma de organizar a política, a economia, o mundo, as fronteiras e tudo. Mas é importante a gente saber que ela tem origem em nosso coração. É o nosso coração que dá origem a todos esses muros, blindagens, fronteiras, experiências de exclusividade. Essas ideias podem instituir um privilégio e parecer uma virtude, que é o isolamento, a neutralidade. Ora, não tem virtude nenhuma nessa neutralidade. Essa neutralidade, na verdade, denuncia um medo muito grande de se envolver com a vida, de se envolver com tudo.

Aquela ideia de que a vida é uma dança cósmica implica um envolvimento total. É a ideia de que, se você está diante de um deserto, você não fica paralisado; você atravessa o deserto. Se nós estamos diante de uma crise de paradigma, de relacionamento dos humanos com a vida no planeta, em vez de a gente se esconder, a gente tem de atravessar esse deserto, a gente tem de abraçar a adversidade, seja ela climática, econômica, política. A gente tem de se envolver.

E talvez seja um alerta para um limite daquilo que a gente chamou de desenvolvimento. Na ONU, tem o Programa das Nações Unidas para o Desenvolvimento. Quem sabe esteja na hora de a ONU propor uma coisa que seja um Programa das Nações Unidas para o Envolvimento. Aí as nações, os governos teriam de se comprometer com o envolvimento. As conferências de clima, esses eventos globais, têm se demonstrado ineficazes, quase viraram um ritual de gente de diferentes partes do mundo se juntando para não dizer nada. Então é uma desconversa. Se a gente quer construir um propósito comum, talvez não seja preciso fazer tanta agenda; a gente só precisa pôr a cabeça na altura do coração, pensar com o coração. Deixar o cálculo de lado. Deixar o cálculo da estratégia, do benefício, da vantagem econômica e abrir o coração. Pensar: que mundo nós queremos compartilhar? Se a gente não estiver disposto a compartilhar mundo algum, melhor não perdermos tempo fazendo conferências. Porque daí é hipocrisia mesmo. A hipocrisia seria convocar encontros para nada. Porque nós vamos só protelar o dano.

Nós precisamos fazer um mergulho profundo nas memórias ancestrais.

Será que os nossos mais, mais, mais remotos humanos seriam capazes de um gesto mais generoso do que o da neutralidade? E eu acho que a gente consegue transpor essa fronteira da insegurança se lançando em uma espécie de oceano da impermanência. A impermanência é não ter nada garantido. A neutralidade é o desejo de controle. Quem fica neutro quer controlar alguma coisa, nem que seja o funcionamento do próprio coração, da mente. Fica neutro. Mas tudo na natureza se move. E mostra para a gente que a ideia de neutralidade é uma ideia vã. Ela não vai a lugar nenhum.

Nós somos movidos pela energia do tempo. É por isso que nós envelhecemos, é por isso que nós nascemos, é para estar dentro da roda da vida. Não tem neutralidade nela, tudo se move e é maravilhoso. É libertador você acreditar que tudo se move e que você mesmo está indo para um outro lugar desconhecido. Neutralidade seria não sair do lugar. Neutralidade é estar morto.

A gente não precisa responder à dureza do mundo com violência. A gente pode responder à dureza do mundo com o movimento que a água faz.

A água, quando ela encontra uma resistência muito forte, muito dura, ela forma uma cachoeira maravilhosa. Ela explode em energia que se espalha na atmosfera, alcançando o sentido do prana.

Se você ficar em um lugar onde tem um mundo de água, um volume de água fantástico explodindo, ele produz vida, ele produz prana. Prana é o princípio da vida. Cura. A gente nem precisa deglutir, nem precisa processar nada com o nosso corpo, o prana já vem pronto. É como se alimentar de luz. Imagine um organismo que pode se alimentar de luz, não é maravilhoso? Um organismo que não precisa fagocitar, não precisa comer. Ele não precisa fazer nenhum movimento de absorver, ele é atravessado pela luz. Um organismo que pode viver atravessado pela luz não é neutro. Ele é átomo. Então é melhor ser átomo do que ser neutro. E prana. Eu já ouvi dizer que tem gente que consegue ficar meses se alimentando de luz. É maravilhoso. É um exemplo não para que a gente procure sair por aí imitando quem faz isso, mas é um exemplo de que é possível os seres humanos saírem da neutralidade e entrarem na roda da vida com uma disposição afetiva, amorosa, e porem o pensamento, a cabeça, na altura do coração. Que é o que o nosso querido Antonio Nobre comunica para a gente com tanta amorosidade, com tanta generosidade – porque ele é um cientista, ele poderia reivindicar um lugar de neutralidade e dizer: "Não, eu sou um cientista, eu não sei o que acontece com uma árvore". Mas esse nosso cientista pôs a cabeça na altura do coração e disse: "Eu sei o que acontece com a árvore: ela se comove e ela integra uma inforrede planetária. Ela produz água, produz vida. Ela faz síntese com a luz do sol. Ela faz fluxo de vida".

Definitivamente, neutralidade é uma escolha muito sem graça. É mais ou menos como você ir a um baile e decidir que não dança. Seu corpo não sabe dançar.

E a vida é dança, e é uma dança cósmica.

Mais do que pensar em um dilema entre cultura e natureza, a gente podia se inspirar a pensar na "dança da vida", que transcende a separação entre natureza e cultura. Esse abismo cognitivo, isso que fica implantado feito um *chip* no nosso cérebro, dizendo para a gente que o nosso corpo é separado de tudo, é uma antecipação de uma vida robótica.

Nós estamos sendo alertados sobre o risco da invasão do nosso modo de vida por uma inteligência artificial. Talvez a gente esteja sendo alertado de que o próximo vírus não vai ser uma pandemia. De que o próximo vírus vai ser uma substituição do nosso modo sensorial por um modo artificial da vida. E aí aqueles que gostam de neutralidade podem abraçar um robô. E a gente pode dizer a eles: *Bon voyage*!

Abraçou um robô... *Bon voyage*!

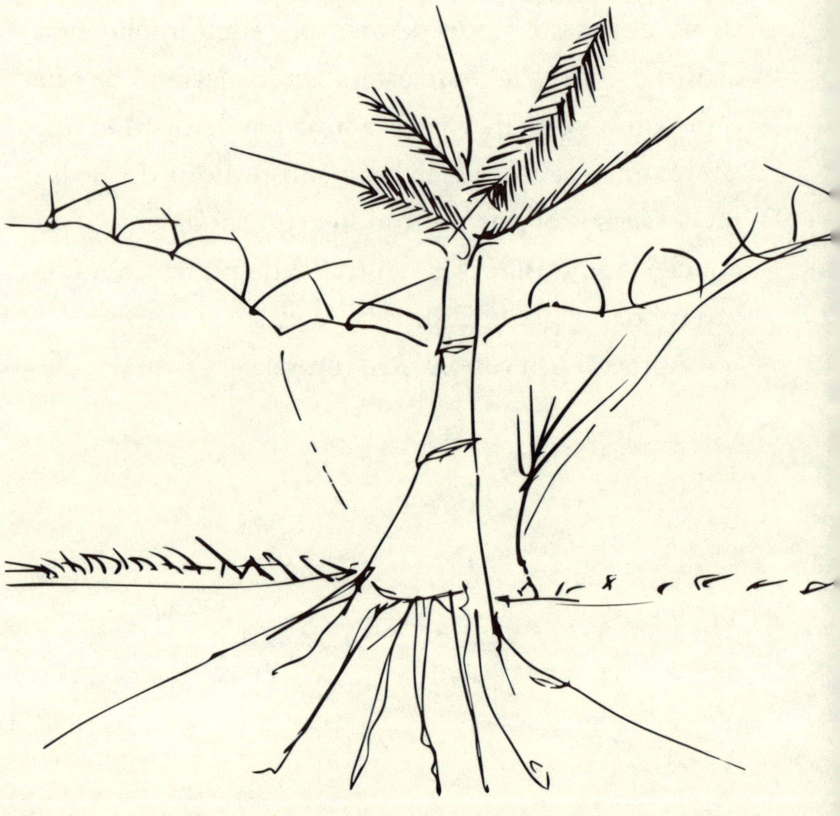

SOBRE PESSOAS E POVOS
PRESENTES NO LIVRO

Ailton Krenak e Ehuana Yaira Yanomami na aldeia Watoriki em junho de 2022. Foto: Leão Serva.

AILTON KRENAK (1953)
Pensador, ambientalista e uma das principais vozes do saber indígena. Criou, juntamente com a Dantes Editora, o Selvagem – ciclo de estudos sobre a vida, que orienta de que participa ativamente. Vive na aldeia Krenak, nas margens do rio Doce, em Minas Gerais. É autor dos livros *Ideias para adiar o fim do mundo* (Cia das Letras, 2019), *O amanhã não está à venda* (Cia das Letras, 2020), *A vida não é útil* (Cia das Letras, 2020) e *Futuro ancestral* (Cia das Letras, 2022). *Um rio um pássaro* é sua primeira publicação pela Dantes.

EHUANA YAIRA YANOMAMI (1984)
É mãe de quatro filhos, artista, artesã, pesquisadora e liderança feminina na aldeia Watoriki, na terra Yanomami. Foi a primeira mulher de sua aldeia a se formar professora, e a primeira mulher de seu povo a escrever um livro em sua própria língua, coorganizado pela antropóloga Ana Maria Machado: *Yipimuwi thëã oni: Palavras escritas sobre menstruação* (Fino Traço, 2017). Ehuana também participou do filme *A última floresta*, de Luiz Bolognesi, e no curta-metragem *Um filme para Ehuana*, de Louise Botkay. Como liderança, atua colaborando com pesquisas e investigações sobre os saberes tradicionais yanomami, entre outras ações.

AHMAD SHAH MASSOUD (1953-2001)
Foi um líder militar e político afegão, que atuou como comandante de guerrilhas de resistência contra a ocupação soviética no Afeganistão, entre 1979 e 1989. Foi assassinado no ano de 2001, em um atentado promovido pela Al-Qaeda e os talibãs.

AINU
Os Ainu, 'gente de verdade', são o povo originário do Japão. Habitam, hoje, a ilha Hokkaido. Para mais informações, ouça os dois episódios do *Programa de Índio* dedicados ao assunto: Ainu I e Ainu II. *Programa de Índio* era um programa de rádio veiculado, entre 1985 e 1991, pela Rádio USP e por outras emissoras educativas em vários estados do Brasil, produzido por Angela Pappiani e narrado por Ailton Krenak. http://ikore.com.br/programa-de-indio/

ÂNGELO KRETAN (1942-1980)
Nascido em Mangueirinha, no Paraná, foi uma liderança indígena do povo Kaingang, tendo se tornado cacique de seu povo em 1971. Viveu como agricultor até ser eleito vereador pelo MDB, em 1976, o primeiro indígena brasileiro a assumir uma legislatura, defendendo a demarcação das terras indígenas. Foi um dos principais articuladores na criação da União das

Nações Indígenas. Em 1980, em meio a ameaças de morte, sofreu um acidente fatal.

ANTONIO NOBRE (1958)
É cientista, ativista e um dos pensadores que compõem o ciclo Selvagem. Seu foco principal de estudo é a Amazônia. Já foi pesquisador do Instituto Nacional de Pesquisas da Amazônia (INPA) e, atualmente, é pesquisador sênior do Instituto Nacional de Pesquisas Espaciais – INPE.

ASHANINKA
Os Ashaninka são um povo indígena que vive no noroeste Amazônico, em uma região que compreende o Peru, a Bolívia e o estado do Acre, no Brasil. Atualmente, sua população é estimada em mais de 70 mil pessoas.

BOB DYLAN (1942)
Robert Allan Zimmerman, mais conhecido como Bob Dylan, é um cantor, compositor e multiartista estadunidense, conhecido principalmente por seu trabalho com a música e por sua relação com a contracultura, os movimentos pelos direitos civis e a oposição à guerra dos Estados Unidos contra o Vietnã.

CHICO MENDES (1944-1988)

Francisco Alves Mendes Filho, mais conhecido como Chico Mendes, foi um seringueiro, sindicalista e ativista político brasileiro. Nascido no Acre, lutou a favor dos seringueiros e das comunidades da floresta Amazônica, sendo reconhecido hoje como um símbolo da luta pela preservação das florestas e seus povos.

DAVI KOPENAWA YANOMAMI (1956)

Xamã e liderança do povo Yanomami. Autor, junto a Bruce Albert, de A *queda do céu – Palavras de um xamã yanomami*. É presidente da Hutukara Associação Yanomami e uma importante voz na defesa das florestas e dos povos indígenas.

ELIZA OTSUKA (1963)

Filha de imigrantes japoneses, cresceu com a rica herança cultural de seus ancestrais aliada à efervescência cosmopolita de São Paulo, estado onde nasceu. Formou-se em Comunicação Social (Rádio e TV) na FAAP, em 1984, e atuou como produtora, jornalista e documentarista para emissoras brasileiras e japonesas de televisão. Acompanhou Hiromi Nagakura em suas viagens pelo Brasil.

Emanuele Coccia (1976)

Filósofo, escritor e professor. No Brasil, Coccia faz parte, desde 2018, da constelação Selvagem, participando de encontros, conversas, ciclos de leitura e produções audiovisuais. É autor de *Metamorfoses* (Dantes, 2020), um dos livros que inspiram e aprofundam o Selvagem.

Ernesto Cardenal (1925-2020)

Foi um padre, teólogo e premiado escritor da Nicarágua, considerado um dos maiores poetas da América Latina. Foi ministro da Cultura no governo sandinista da Nicarágua, o que fez sua atuação sacerdotal ser suspensa pelo Vaticano, mas, em 2019, foi reintegrado pelo Papa Francisco à Igreja Católica.

Franz Kafka (1883-1942)

Foi um escritor de língua alemã, nascido em Praga, atualmente parte da República Tcheca. Autor de romances e contos, é um dos escritores mais influentes do século XX, abordando em sua obra a sociedade ocidental moderna em seus labirintos sociais, políticos e institucionais. É o autor da célebre novela *A Metamorfose*, em que o protagonista acorda de uma noite intranquila e se vê transformado em um inseto.

Hiromi Nagakura (1952)

Fotógrafo japonês nascido na cidade de Kushiro, província de Hokkaido. Trabalhou em mais de 40 países ao redor do mundo, concentrando-se em áreas de conflito. Seu trabalho foi publicado em vários livros e revistas de fotografia, tocando a vida de muitas pessoas e rendendo-lhe diversas premiações e reconhecimentos, como o prêmio Ken Domon. Nos anos 1990, fez cinco viagens pela Amazônia, em expedição guiada por Ailton Krenak, das quais resultou o primeiro texto deste livro.

Huni Kuin

Os Huni Kuin, também conhecidos com Kaxinawá, são um povo indígena que habita a região Amazônica, nas florestas entre o leste peruano e o estado do Acre, no Brasil. Estima-se que sua população tenha mais de 14 mil pessoas hoje, divididas em 12 terras indígenas.

Krikati

Os Krikati são um grupo indígena que habita o sudoeste do estado brasileiro do Maranhão, mais precisamente na Terra Indígena Krikati, localizada entre os municípios de Montes Altos e Sítio Novo.

MACUXI

Os Macuxi, população indígena sul-americana, estão situados em Roraima, na região que circunda o Monte Roraima. Sua luta pela homologação da Terra Indígena Raposa Serra do Sol, junto com outros povos da região, foi um marco para a demarcação de terras indígenas no Brasil.

MAHATMA GANDHI (1869-1948)

Mohandas Karamchand Gandhi foi um líder espiritual e político nascido em Guzerate no oeste da Índia. Advogado, nacionalista e anticolonialista, liderou um movimento de resistência não violenta que contribiu com a independência da Índia contra o Reino Unido. "Mahãtmã" é um tratamento que vem do sânscrito, significa 'venerável.

MARÇAL DE SOUZA (1920-1983)

Marçal de Souza, ou Marçal Tupã-Y, natural da região de Ponta Porã, no Mato Grosso do Sul, foi um líder do povo Guarani Nhandevá, que habita o oeste do Brasil. Foi um importante líder indígena e um dos fundadores da União das Nações Indígenas (UNI). Tupã-Y foi assassinado em sua própria casa, na aldeia Campestre, em 1983.

Selvagem

Selvagem – ciclo de estudos sobre a vida é uma experiência de articular conhecimentos a partir de perspectivas indígenas, ancestrais, acadêmicas, científicas e de outras espécies. Oferece percursos livres de aprendizagens de conteúdos gratuitos: ciclos de leitura, conversas *online*, cadernos virtuais, audiovisuais. Os estudos se aprofundam com os livros da Dantes.

Sibupá

Importante ancião e pajé do povo Xavante, da Terra Indígena Pimentel Barbosa, no Mato Grosso. A partir de um sonho de Sibupá, em que o "dono dos animais" lhe pedia uma ação urgente para resistir à destruição da terra, nasce o Núcleo de Cultura Indígena, organização formal criada pela União das Nações Indígenas – UNI, em 1984, para implementar suas ações e projetos. Ailton Krenak foi um dos jovens convocados por Sibupá, na ocasião, para ouvir seu sonho.

Tobias Brenk (1980)

Ator, diretor artístico e dramaturgo. Nascido e criado em Aachen, estudou teatro aplicado em Gießen e, atualmente, é responsável pelo programa "COINCIDÊNCIA – Intercâmbio Cultural Suíça-América do Sul" no Conselho Suíço de Artes Pro Helvetia.

TXAI SURUÍ (1997)
É uma jovem líder indígena do povo Paiter Suruí. Comunicadora e articuladora social, fundou o movimento da Juventude Indígena de Rondônia e é coordenadora da Associação de Defesa Etnoambiental – Kanindé. Foi a única brasileira a falar na abertura da COP26 para líderes de todo o mundo, e é uma das grandes vozes do ativismo climático hoje. Atualmente, é conselheira no WWF-Brasil e no Pacto Global da ONU, entre outras instituições, e colunista da Folha de São Paulo.

YANOMAMI
Os Yanomami são um grupo de, aproximadamente, 35 mil pessoas, que vivem em cerca de 200 a 250 aldeias na Floresta Amazônica, na fronteira entre Venezuela e Brasil, sendo a sétima maior etnia indígena do território brasileiro.

YAWANAWÁ
Os Yawanawá são um povo indígena que habita a Terra Indígena Rio Gregório, no município de Tarauacá, no oeste do estado do Acre – a primeira terra indígena a ser demarcada nesse estado. Segundo levantamentos recentes, somam hoje, aproximadamente, 1650 pessoas.

Yoshihiro Odo (1953)
Yoshihiro Odo nasceu em Tóquio, Japão, e naturalizou-se brasileiro. Acupunturista e psicólogo, conheceu a prática da acupuntura no Japão em 1979, formou-se professor de Acupuntura dez anos depois e atua no Brasil, desde 1991, com essa técnica.

Xavante
Os Xavante são um povo indígena do território brasileiro. Sua população somava, em 2020, cerca de 22 mil pessoas, distribuindo-se em 12 terras indígenas localizadas no leste do estado de Mato Grosso, parte do seu antigo território de ocupação tradicional há, pelo menos, 180 anos.

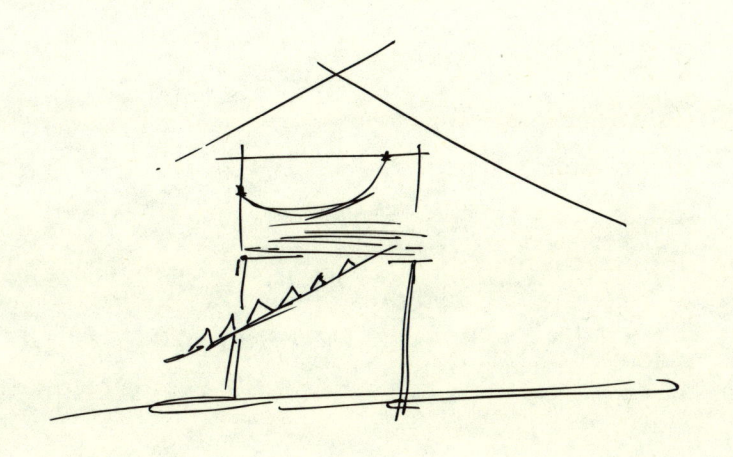

Desenho ao lado: *Caboclo d'água* (1993), Ailton Krenak.

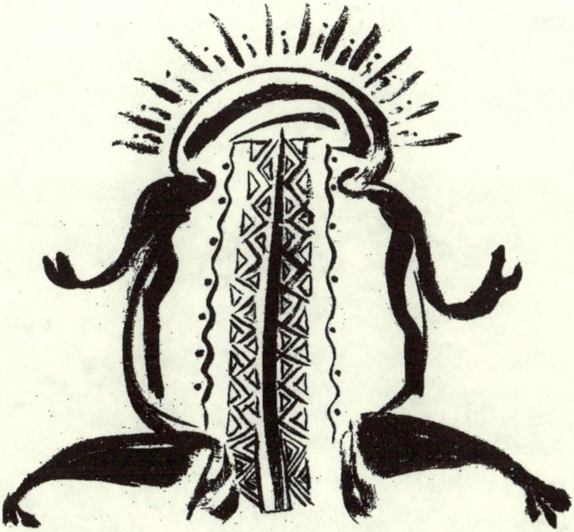

pássaro
rio
cachoeira
Rio de Janeiro, dois mil e vinte e três.